Sıkı Dostlar

Linda Sarah ve Benji Davies

Çeviren: Oğuzhan Aydın

REDHOUSE
kidz

Stephen'a... – LS

Teyzem Jan'a ve Pondok'ta resim
yaparak geçirdiğimiz yazlara... – BD

SEV Yayıncılık Eğitim ve Ticaret A.Ş. bir Sağlık ve Eğitim Vakfı kuruluşudur.
Nuhkuyusu Cad., No. 197 Üsküdar İş Merkezi, Kat 3, 34664 Bağlarbaşı, Üsküdar, İstanbul • Tel.: (0216) 474 23 43 • Sertifika No. 45278
Metin: © 2014 Linda Sarah • Resimler: © 2014 Benji Davies • Orijinal Eser: © 2014 Simon & Schuster UK Ltd 1st Floor, 222 Gray's Inn Road,
London, WC1X 8HB, A CBS Company • Türkçe Çeviri: © 2017 SEV Yayıncılık Eğitim ve Ticaret A.Ş. • Türkçe baskısı Simon & Schuster'in izni
ile yayımlanmıştır. • Özgün Adı: On Sudden Hill • Çeviren: Oğuzhan Aydın • Yayın Yönetmeni: S. Baha Sönmez • Editör: Burcu Ünsal Çeküç
Son Okuma: Gökçe Ateş Aytuğ • Baskıya Hazırlayan: Hüseyin Vatan • Birinci Baskı: Haziran 2017 • Sekizinci Baskı: Temmuz 2024
ISBN: 978-605-9781-56-5 • Tüm hakları saklıdır. • Bu kitap Çin'de basılmıştır.

Sıkı Dostlar

İçine oturup saklanılabilecek kadar büyük,
iki karton kutu.

Bill ve Eto her gün kutularını çıkarır, Macera Tepesi'ne
tırmanıp bunların içine otururlardı.

Bazen kral, asker ya da astronot olurlardı.
Bazense fırtınalı denizlere ve göklere
yelken açan korsanlar...

Ama ne olurlarsa olsunlar,
onlar hep sıkı dostlardı.

Eto'yla birlikte yelken açmaları,
koşmaları, zıplamaları, uçmaları,
çene çalmaları ve kıkırtıları…

Sessizlikleri,
vadideki küçük canlıları izlemeleri
ve kendilerini Dev Krallar kadar
yüce hissetmeleri…

Bill, Eto ile aralarındaki bu uyumu çok seviyordu.

Sonra bir pazartesi günü
(hava buz gibi soğukken)
onlara katılmak isteyen,
karton kutusunu kapıp gelmiş yeni
biriyle karşılaştılar.

Bu ufak tefek çocuğun adı Sam'di.
Her gün Bill ve Eto'yu izlemiş,
en sonunda yeterince büyük bir kutu ve
oyunlarına katılmayı teklif edecek cesareti bulmuştu.

Eto gülümseyip, "Tabii ki!" dedi.
Böylece bu üçlü kutularında oturup
bir kerkenezi ve kaybolmuş
iki bulutu seyrettiler.

Bazen ejderha avcıları, bazen kapı komşuları, bazense gökdelen dansçıları oluyorlardı.

Ama Bill yabancılık
duyuyordu.

Bir gece Bill kutusunun
üstünde tepinip
onu yırtarak paramparça etti.

Babası içeriden donuk bir sesle bağırdı;
sessiz ol, yeter artık gibi şeyler söylüyordu.

Bill o geceden sonra Macera Tepesi'ne gitmedi.

Eto ve Sam zaman zaman
zilini çaldılar.
Ama Bill onları görmezden geldi.

Onlarla oynamak yerine evde kalıp
yan yana duran iki kutunun
resimlerini çizdi durdu.

Ama Eto'yu özlüyordu.
Macera Tepesi'ndeki kartondan
kalelerini de özlüyordu.

Bir gün
kapısı çalındı.

Bill, Sam'in sesini duydu.
"Senin için bir şey hazırladık.
Lütfen dışarı çık!"

Bill'in perde aralığından
görebildiği tek şey
bir kutuydu.

Fakat bu, bir kutudan
çok ama çok daha
şahane bir şeydi!

Üzerinde dalgalanan parlak,
uçurtmaya benzeyen şeyler vardı.
Rengârenkti.
Ses çıkarıyordu.
Bu kutunun…
TEKERLEKLERİ VARDI!

Bu KOCAMAN tekerlekli kutuyu
(ona Bay Amansız Dağcı adını vermişlerdi)
Macera Tepesi'ne çıkardılar.

Harikaydı bu kutu!

Canavar görünümlü bir macera makinesiydi!

Süpersonik roketatardı!
Üç jetli dönüşen robottu!
Parıl parıl parıldayan bir kraldı!

Birinde bisküvi, birinde limonata
olan kutuları bile vardı içinde.

Bill, Sam'i seviyordu.
Sam iyi kalpliydi.
Sam eğlenceliydi.
Sam maceracı ve cesurdu.

Bill üç kafadar olup birlikte geçirdikleri zamanları seviyordu.

Eto ve Sam ile aralarındaki uyumu seviyordu.

Bu yeni
ve güzel bir şeydi.